唐人绝句百首

DU MÊME AUTEUR

◆◆

Grammaire Française avec Textes Chinois, Imprimerie chinoise, Tours (1920) .. .. 1 vol.

Essai Historique sur la Poésie Chinoise, J. Desvigne et Cie, Lyon (1922). .. .. 1 vol.

Anciens Poèmes Chinois d'Auteurs Inconnus, J. Desvigne et Cie, Lyon (1re édition, 1923). .. .. 1 vol.
Leroux, Paris, et Desvigne et Cie, Lyon (2e édition, 1926). .. .. 1 vol.

La Chine Pacifique (Préface de M. Herriot), Leroux, Paris, et J. Desvigne et Cie, Lyon (1924) .. .. 1 vol.

Une Goutte d'Eau, Leroux, Paris, et Desvigne et Cie, Lyon (1925) .. .. 1 vol.

◆◆

RÊVE D'UNE NUIT D'HIVER

(Cent quatrains des Thang)

TRADUITS PAR

TSEN TSONMING

Licencié ès Sciences, Docteur ès Lettres

Professeur à l'Université Nationale de Koungton

LYON
Joannès DESVIGNE et Cie
36 à 42, Passage de l'Hôtel-Dieu

PARIS
Edition Ernest LEROUX
28, Rue Bonaparte

MCMXXVII

IL A ÉTÉ TIRÉ

1000 exemplaires sur pur fil Lafuma

numérotés de 1 à 1000

Justification du tirage

PRÉFACE

◆◆

La poésie chinoise atteignit son apogée à l'époque des Thang, ses moyens se perfectionnèrent, ses règles furent définitivement établies. Le choix des thèmes est souvent varié ; la sobriété du développement, pittoresque ; la finesse des pensées extraordinaire. C'est l'âge d'or de notre poésie moderne. Les poètes de ces temps ont un sentiment très vif et très juste de la nature. On doit les aimer et les admirer pour la splendeur de leur génie, pour l'élan de leur âme et pour les qualités de leur cœur qui leur donnent un charme incomparable.

La poésie chinoise peut être considérée comme un jardin antique et embaumé. Dans ce jardin, nulle fleur n'a un parfum plus pénétrant que celles des Thang. Parmi ces fleurs, nulle branche n'a une forme plus harmonieuse que celles des quatrains. Les quatrains de cette époque sont, en général, écrits dans un langage très pur et très clair, on dirait qu'au milieu de rochers hérissés jaillit une cascade où se mirent des daims sauvages et que jamais sa limpidité n'a été souillée par aucune trace humaine. Ces poèmes si doux et si mélodieux ressemblent encore à la voix d'une source qui au fond de la montagne solitaire, murmure à travers des bois verdoyants et mystérieux.

Nous avons réuni dans ce volume une centaine de pièces, subtils pétales ramassés dans le sentier paisible et odorant de notre jardin poétique.

Nous espérons que ceux qui liront ce petit livre, malgré la simplicité de notre traduction, y respirent encore un léger parfum et y trouvent le faible reflet d'une vieille civilisation.

T. T.

I

RÊVE D'UNE NUIT D'HIVER

Si longtemps séparés, votre image remplit mon
[cœur.
En exil, on vieillit, mon teint n'est plus pareil !
En accordant mon khin sous cette nuit lumineuse.
Je pense à vous plus que jamais.

Wang Po.

II

A UN AMI

Les glaçons éblouissants blanchissent l'horizon,
Le brouillard diaphane voile la rivière.
Je ne suis qu'un voyageur solitaire,
Pourquoi, troublé par ce charme, retardé-je
[mes pas ?

Wang Po.

III

LES FLEURS SUR L'EAU

Des bords sinueux, les parfums flottent,
L'ombre descend sur ce bassin fleuri
Pourvu que n'arrive déjà le vent d'automne
Et que tout soit flétri, avant que vous ne
[l'ayez vu !

Lou Tchao-ling.

IV

ADIEU A UN AMI

Ma maladie m'isole du monde, dans mon lit
La nouvelle de votre départ me parvient et m'afflige.
Adieu, ami, je ne peux vous accompagner sur le port,
Mais les arbres des deux rives emportent mes sentiments pour vous les dire !

Sun Chi-wen.

V

A MON FRÈRE

Je pars pour le sud, demain, dix mille li nous
sépareront !

Au nouveau printemps, seules, les cigognes
reviendront,

Hélas, dans quel mois, de quelle année

Pourrai-je rentrer avec toi ?

Wei Chin-kien.

VI

DEPUIS QUE VOUS ÊTES PARTI !

Depuis que vous êtes parti,
Mon cœur est si triste, je ne peux plus tisser !
Je pense à vous, et mon corps semblable à la [pâle lune,
Perd, chaque nuit, un peu de sa fraîcheur.

Chang Kio-ling.

VII

CHANSON PRINTANIÈRE

Sur la route, les branches des saules pleureurs
Ont déjà reçu le baiser du zéphyr.
Mon cœur est brisé en ce moment.
Pourrai-je reconnaître le vôtre ?

Ko Yuen-ching.

VIII

LU-TSA

Soirs et matins, je vois la montagne frileuse,
Etant le seul voyageur qui y va.
Que se passe-t-il dans la forêt profonde ?
On n'y trouve que des traces de cerfs sauvages.

Py Ti.

IX

MOU-LIN-CHA

Au moment où le soleil descend de l'horizon
[bruni !
Les oiseaux troublent par leur chant le murmure
[du ruisseau.
Je suis, près de l'eau, le sentier infini,
Plein de délices, que l'on ne peut quitter.

Py Ti.

X

CUEILLETTE DE NÉNUPHARS

Les fleurs pourprées s'épanouissent sur l'onde
[de jade,
Dans le bassin doré, l'eau verte coule en susurrant.
Nous nous sommes rencontrés, il ne faut pas
[nous perdre,
Réunissons nos deux nacelles pour cueillir les
[nénuphars,

Chio Ko-fou.

XI

TRISTESSE

J'ai une belle robe de soie,
Elle est faite du temps de l'Empereur Tsing.
Elle a trop voltigé au vent du printemps ;
C'est l'automne, je ne peux plus la mettre !

Chio Ko-fou.

XII

PENSÉE PRINTANIÈRE

Dans le pavillon, une jeune femme sans souci,
Un jour de printemps, toute parée vient s'ap-
[puyer à la balustrade.
Soudain, elle aperçoit sur la route la couleur
[verdoyante des saules.
Elle regrette d'avoir conseillé à son mari la
[conquête du marquisat !

Wang Chang-lin.

XIII

PAVILLON DU BONZE

Les fleurs « tson-lu » remplissent la cour du [temple,
Les mousses vertes tapissent le pavillon silencieux.
Nous arrêtons nos voix.
Et aspirons du ciel le parfum divin...

Wang Chang-lin.

XIV

PROMENADE EN BATEAU

Sur un petit bateau, un voyageur se penche.
Au crépuscule s'élève un chant lointain.
L'homme, en souriant, cherche la lune qui se mire.
O toi, pure clarté, inonde-nous toujours de tes [rayons adorés !

Chang Hu.

XV

CHANSON DE KIEN-LIN

Au crépuscule, le Fleuve-Bleu engloutit les
[derniers rayons,

Tous les bateliers rentrent s'invitant entre eux.

Les fleurs fanées, comme des sensitives,

Vont et viennent en flottant derrière les bateaux.

Tsu Kon-yi.

XVI

L'AUTOMNE

Les nuages blancs que l'aquilon soulève,
A dix mille li passent rivières et fleuves.
Je suis triste car tout se fane et tombe,
Je n'ose entendre le sinistre bruit de l'automne !

Sou Tin.

XVII

CHANT DE « TSEU-YA »

Balaye le perron doré,
La gelée est éclatante comme la neige.
Descends les rideaux, je vais jouer de la harpe,
Cette lune d'automne m'accable de tristesse !

Chia Ki-tong.

XVIII

DES SONS DE FLUTE

Devant les pics de Yin-lo, la grève est blanche
[comme la neige,
Hors de la ville conquise, la lune est blafarde.
On ne sait d'où viennent ces sons de flûte,
Toute la nuit, les guerriers pensent à leur patrie.

Li Yi.

XIX

CHANT DE COUCOUS

Sur le fleuve de Sien, entre les branches de bambous,

Les coucous aux ailes soyeuses volent.

De tous côtés, les nuages de Sien étendent leurs voiles.

O mon bien-aimé ! par où passeras-tu pour venir ?

Li Yi.

XX

CHANT DE GUERRE

Le verre scintillant est rempli d'un vin délicieux,
Je veux le boire, mais le pi-pa (1) me presse à
[monter à cheval.
Adieu, quand je serai étendu mort, sur le champ
[de bataille vous ne rirez pas !
Car depuis longtemps, combien de héros ont-ils
[pu en revenir !

Wang Han.

(1) Instrument musical.

XXI

RENCONTRE D'UN AMI QUI SE REND A LA CAPITALE

Vers l'orient, je regarde ma patrie, je ne vois
[qu'une route infinie.
Mes larmes coulent sans cesse, mes mouchoirs
[en sont humides.
Nous nous rencontrons à cheval, sans pinceau
[ni papier,
Mais, ami, emportez de mes bonnes nouvelles
[à ma famille !

Kin Sing.

XXII

CHANT DE CHAN-NGAN

Tout près de l'embouchure, la vague est forte.
Peu à peu les amateurs de lotus deviennent [plus rares.
Comment peut-on ne pas s'attendre,
Et partir seul pour remonter la rivière ?

Chio Hô.

XXIII

CHANT DE CHEONG-KIN

« Où est-elle située, votre demeure ? »
« Moi, j'habite près du fleuve Houen-ton. »
« Arrêtez votre bateau, le temps de me répondre,
Peut-être sommes-nous du même village ? »

Tcho Hô.

XXIV

RUISSEAU

Dans le frissonnement du vent et de la pluie
[d'automne,
Le petit ruisseau coule entre des rochers.
Son flot écumeux sautille en piétinant.
Les hérons effrayés s'envolent et reviennent...

Wang Wai.

XXV

CHALET DE BAMBOUS

Assis entre les grands bambous solitaires,
Je joue du khin en chantant à plein gosier.
Dans cette forêt où je suis inconnu,
La lune splendide m'inonde de ses rayons !

Wang Wai.

XXVI

CHANT DE LA NUIT D'AUTOMNE

La lune paraît sur l'horizon humide de rosée,
La fraîcheur de la nuit pénètre ma robe de voile
[léger.
Longtemps encore, je joue sur ma harpe d'argent,
La chambre est vide, mon cœur se serre, je
[n'ose y entrer[1] !

Wang Wai.

XXVII

SING-YI-HOU

Les fleurs des pivoines sauvages
Dans la montagne éclosent leurs corolles
[pourprées.
Près de la cascade « Ken-ho » où personne
[ne passe,
Une à une, elles s'effeuillent !

Wang Wai.

XXVIII

LE LAC VERT

Sur le lac printanier large et profond,
Quelques nacelles légères vont de ci, de là,
L'herbe verte sur leurs passages frissonne dans
[les sillons,
Et les branches des saules, voiles flottants dans
[l'azur s'entr'ouvrent.

Wang Wai.

XXIX

SOURCE DE CHANTS DES OISEAUX

Des fleurs tombent dans la solitude,
Par cette nuit silencieuse les montagnes semblent [inhabitées.
Doucement, la lune paraît derrière les branches ; [les oiseaux étonnés
Croient voir l'aurore et mêlent leurs chants aux [murmures du ruisseau

Wang Wai.

XXX

CHANT DE LA VILLE WEI

La pluie matinale abat la poussière de la ville Wei,
Sur cette auberge, le saule vert envoie son om-
[brage léger.
Videz encore cette coupe, je vous en supplie,
Loin de la porte Yin, vous n'aurez plus d'amis !

Wang Wai.

XXXI

LES POIS POURPRÉS

Les pois pourprés poussent au pays du sud,
Vers le printemps, quelques branches fleurissent.
Cueillez-les, cueillez-les, je vous en supplie,
Elles vous inspireront un bien doux amour !

Wang Wai.

XXXII

A UN AMI QUI PART

Après vous avoir suivi, je reviens dans ces [montagnes bleues.
A l'horizon le soleil s'évanouit, les grilles sont [closes.
L'herbe printanière, l'année prochaine, rever- [doyera,
Vous, seigneur, reviendrez-vous ?

Wang Wai.

XXXIII

POÈME DIVERS

Vous venez de mon pays,

Vous devez en porter des nouvelles.

Le jour de votre départ, en face des fenêtres
[aux rideaux de soie,

Le prunier sauvage était-il en fleurs ?

Wang Wai.

XXXIV

RETOUR DANS MON PAYS

Quittant la maison tout jeune, revenant bien
[vieux,
Mes accents n'ont pas changé, mais hélas mes
[cheveux ont blanchi !
Sans me reconnaître, les enfants me regardent,
Et me demandent en souriant : « D'où venez-
[vous, voyageur ? »

Hao Ti-chian.

XXXV

RENCONTRE DE LI KOE-LIEN

Au palais du Prince Tsi, maintes fois je vous ai vu,
Et dans le salon du Tchoé-giao, je vous ai souvent entendu,
C'est en cette merveille de Tsien-nain,
Au moment où les fleurs tombent, que de nouveau je vous rencontre !

Tou Fou.

XXXVI

A MON AMI LO

Au pays de l'eau, le vent d'automne souffle
[tristement dans la nuit,

Ce n'est point le moment choisi des adieux !

Tchang-ngan ne serait désormais que mes rêves.

Mais dites-moi, ami, le jour de votre retour !

Li Thai-po.

XXXVII

LE MATIN, JE QUITTE LA VILLE DE PO-TI

A l'aube, je quitte Po-ti parmi les nuages colorés.
En un seul jour, à mille li de là, j'arrive à [Kiang-lin !
La voix des singes, sur les deux rives, sanglote [toujours...
Mais mon bateau léger a déjà passé bien des [montagnes !

Li Thai-po.

XXXVIII

SOUVENIR DE HO

Kio-tsien, roi de Hô, après avoir conquis Wou,
[revint triomphalement.

En costumes brodés, tous les guerriers retour-
[nèrent dans leurs foyers.

Les dames d'honneur, semblables à des fleurs,
[remplirent le palais du printemps.

Mais de tout cela, maintenant, ne restent seule-
[ment que quelques coucous qui volent !

Li Thai-po.

XXXIX

MONTAGNE " PORTE DU CIEL "

La " Porte du Ciel " s'ouvre au passage du
[Fleuve Tsou,
Son flot verdoyant coule vers l'est, puis se
[retourne au nord.
Sur les deux rives, les monts bleus s'élancent
[face à face,
Et une voile blanche solitaire glisse sur l'onde
[envoyée semble-t-il par le soleil.

Li Thai-po.

XL

SEUL DEVANT LE MONT KING-TING

Très haut, les oiseaux s'en vont,... s'en vont;
Tranquillement un nuage solitaire passe...
Nous nous regardons sans nous ennuyer,
Il n'y a que ce mont King-ting.

Li Thai-po.

XLI

TRISTESSE DES MARCHES DE JADE

Les marches de jade laissent paraître la rosée
[blanche ;
La nuit est longue, la rosée pénètre ses bas de soie,
Alors descendant la jalousie de cristal,
Par ce rideau transparent, elle contemple la
[lune d'automne.

Li Thai-po.

XLII

A MENG HAO-JEAN

Mon ami intime, vers l'ouest, quitte la tour de [Hoang-hô,

Dans ce mois de fleurs et de brouillards, il part [pour Yang-tchéou.

Peu à peu, à l'horizon bleuté, disparaît l'ombre [lointaine de sa voile solitaire,

Je ne vois plus que le fleuve s'allongeant [jusqu'au firmament !

Li Thai-po.

XLIII

SENTIMENT DE HAINE

Une jolie femme roule le store perlé,
Seule et pensive, elle s'assied tristement,
Bientôt ses larmes coulent...
Mais qui haït-elle ?

Li Thaï-po.

XLIV

PENSÉE
D'UNE NUIT TRANQUILLE

De mon lit, je vois des rayons de lune,
Je crois que c'est de la gelée blanche sur le sol.
Mais je lève la tête et regarde la lune brillante,
Alors baissant la tête, je songe à mon pays natal!

Li Thaï-po.

XLV

EN PENSANT A LA MONTAGNE DE L'EST

Depuis longtemps, je ne suis pas retourné à la
[montagne de l'Est.
Les roses sauvages plusieurs fois ont fleuri.
Les nuages blancs d'eux-mêmes se dispersent.
Sur quelle maison se répand la clarté de la lune ?

Li Thaï-po.

XLVI

A UNE BELLE

Le cheval blanc marche fièrement et piétine les [fleurs flétries,
Le souple fouet effleure la voiture aux nuages [multicolores.
La belle en souriant soulève le rideau de perles,
Et de loin montre le pavillon pourpré disant : [« C'est là qu'est ma demeure »

Li Thaï-po.

XLVII

LE CHANT DES EAUX LIMPIDES

Les eaux limpides brillent avec la lune d'automne.

Sur le lac du sud, elle cueille les marsiléa blancs.

Si doux et si caressants, les nénuphars semblent
[vouloir lui parler,

Combien est triste cette jolie rameuse !

Li Thaï-po.

XLVIII

UNE NUIT DE PRINTEMPS, J'ENTENDS UN AIR DE FLUTE

De quelle maison, une flûte de jade, dans l'ombre,
[laisse envoler ses notes.
Le vent printanier pénétré de cette musique
[emplit la ville Lô,
Ce soir, au milieu des airs mélodieux, j'entends
[celui des « saules coupés »
Quel homme ne sent pas naître la nostalgie de
[son jardin chéri ?

Li Thaï-po.

XLIX

CHANT TSING-PING

Belles fleurs et jolies femmes, les unes aux autres
[se font plaisir.
Obtenant toujours le regard et le sourire du
[souverain.
Elles égayent, elles chassent tout souci dans la
[brise printanière.
Là, près le pavillon des « doux parfums », elles
[s'appuient à la balustrade !

Li Thaï-po.

L

LE SOMMEIL DU PRINTEMPS

Le sommeil du printemps ne craint plus l'aurore,
En me réveillant, j'entends de tous côtés des
[chants d'oiseaux.
Toute la nuit, le vent et la pluie ont fait rage,
Hélas ! que de fleurs jonchent à présent le sol !

Meng Hao-jaen.

LI

APRÈS LA NEIGE

Quel pic merveilleux que celui de Tson-nin !
Parmi les nuages, flottent ses glaciers...
Plus ses bois se revêtent d'une blancheur
[éclatante,
Oh ! plus aussi la ville a froid !

Tsou Yin.

LII

UN RUISSEAU A SU-TCHÉOU

Au bord du ruisseau, poussent de pauvres
[herbes solitaires.
Là-haut, dans les branches, quelques rossignols
[chantent.
Le flot printanier emporte la pluie, presse sa
[course dans la nuit ;
Personne ne traverse, les bateaux dorment seuls
[près de l'escadre déserte.

Wei Yang-wou.

LIII

AU MAITRE TSIEN

Ma pensée lointaine erre, dans la nuit, votre [temple.
Les pins et les bambous sont couverts de neige [glacée.
De temps en temps, un bonze rustique vient,
Il pend sa lanterne et silencieusement se couche.

Wei Yang-wou

LIV

SOIR D'AUTOMNE A UN AMI

Par ce soir d'automne, je pense longuement
[à vous.
Sous ce ciel lumineux, en rêvant, je me promène.
On entend les fleurs de pins tombant dans la
[montagne déserte,
Mon ermite, êtes-vous couché ?

Wei Yang-wou.

LV

EN JOUANT LE KHIN

Sur les sept cordes du khin vibre la mélodie,
Murmure caressant des pins, dans la forêt profonde.
Air antique, combien je t'adore !
Mais personne ne te joue aujourd'hui !

Lyeou Tchang-king.

LVI

A UN AMI
QUI PART EN ERMITAGE

Les nuages solitaires et les cigognes sauvages
Habitent-ils dans notre monde ?
Gardez-vous d'aller à la montagne Hou-tchéou,
Elle est déjà connue de tous !

Lyeou Tchang-king.

LVII

EN RENCONTRANT UN AMI

Nous, voyageurs désolés, dans le froid du
[crépuscule,
Attachons notre barque près du rocher Tseu-lin.
Mon pauvre ami, je te plains ! Tu vas loin,
[à trois li d'ici.
Tu contempleras seul la montagne verte et le beau
[couchant sur le fleuve !

Lyeou Tchang-king.

LVIII

DEUXIÈME RENCONTRE D'UN AMI

Le fleuve d'automne est immense, ses vagues
[sont bien hautes.
Un triste voyageur sur la barque isolée va
[bientôt partir.
En cassant une branche de saule, je m'attriste
[de nous voir si vieux.
Et les anciens amis me restent si peu...

Lyeou Tchang-king.

LIX

SUR LE FLEUVE, EN FACE DE LA LUNE

Près de l'îlot, la brume se disperse peu à peu.
Sur le fleuve d'automne, en regardant la lune,
Je vois, là-bas, des hommes sur la plage
Et l'eau serpente sous le reflet de la lune.

Lyeou Tchang-king.

LX

CHEZ UN AMI

Au coucher du soleil, la montagne semble
[s'éloigner.
Il fait froid, la maisonnette blanche montre sa
[pauvreté.
Les chiens aboient près de la porte en bois,
Au dehors, sous le vent et la neige, un homme
[rentre attardé.

Lyeou Tchang-king.

LXI

APRÈS LE DÉPART DE LIN-TIE

La forêt de bambous cache le vieux temple,
Quelques cloches lointaines résonnent dans [la nuit.
Et moi, emportant le dernier rayon du soleil,
Je rentre seul dans ces montagnes bleutées.

Lyeou Tchang-king.

LXII

CHANT DE BATAILLE

Au nord du Sun-kien, pendant la nuit, la
[bataille est rude.
Des soldats de Tsing, la moitié n'en reviennent
[pas !
Mais le lendemain, les nouvelles arrivent du pays !
Pauvres familles qui leur envoient toujours des
[habits d'hiver !

Chu Hun.

LXIII

A LI YI-TOIN

Tristes d'être l'un dans l'est, l'autre dans l'ouest.
Nous nous rencontrons ce soir pour la première
[fois depuis dix ans.
Après avoir bu et chanté ensemble,
C'est pénible de nous voir tous deux si vieux !

Lou Lan.

LXIV

RÉPONSE A WANG KING

Le cheval du départ hennit devant les herbes
[printanières.

Après m'avoir quitté, tu retournes seul pour
[contempler le couchant.

Quoique notre séparation ne doit pas être longue,

Notre cœur est brisé quand même !

Lou Lan.

LXV

CHANT DE BATAILLE

Le bois est sombre, l'herbe frissonne au vent,
Dans la nuit, le héros tire son arc ;
Et à l'aurore, on va chercher la flèche blanche
Qui dans un rocher s'est enfoncée.

Lou Lan.

LXVI

CHANT DE BATAILLE

Au-dessus de la lune sombre, volent les canards
[sauvages,
Le chef des Huns prend la fuite dans la nuit.
Le héros sur son cheval léger veut le poursuivre,
Les flocons de neige inondent son arc et son épée !

Lou Lan.

LXVII

CHANT DE BATAILLE

De beaux festins commencent sous la tente
[rustique,
Tous les sauvages viennent fêter notre victoire,
Ivres, ils dansent sous leurs cuirasses d'or,
Et les tambours semblables au tonnerre font
[vibrer les montagnes !

Lou Lan.

LXVIII

LA NEIGE SUR UNE RIVIÈRE

Voici mille montagnes, mais plus un oiseau qui [vole.
Dans mon chemin, mille traces humaines.
Seul, un pauvre pêcheur solitaire dans sa nacelle,
Pêche à travers la neige sur cette rivière glacée.

Lyeou Tsong-yuen.

LXIX

AVENUE DE OU-YI

Près du pont Tsou-tsio, les fleurs sauvages parsèment le gazon.
L'avenue de Ou-yi garde encore un dernier rayon du couchant.
Les hirondelles des palais des anciens seigneurs Wang-Sia.
Maintenant, viennent se nicher sous les toits populaires !

Lyeou Yu-chi.

LXX

PENSÉE

Je déteste les paroles faibles,
Qui ne peuvent traduire nos sentiments profonds,
Aujourd'hui nos regards se rencontrent,
Dans eux, se dévoile notre cœur aimant.....

Lyeou Yu-chi.

LXXI

A UN AMI, UNE NUIT DE PLUIE SUR LA RIVIÈRE

Le soleil part, tous les monts s'obscurcissent.
La nuit frissonne car il pleut.
Quelle tristesse que d'être séparés
Et d'écouter des singes les mêmes gémissements !

Lyou Tson-yun.

LXXII

SÉPARATION D'ANCIEN TEMPS

Au moment de le quitter, elle tient la robe de
[son bien-aimé
« O chéri, où vas-tu aujourd'hui ?
Je ne me plaindrai pas de ton retour tardif.
Mais promets-moi de ne pas aller t'amuser à
[Ling-rio (1). »

Meng Kyao.

(1) Pays de débauches.

LXXIII

ENVOI D'UNE FEMME

Les fleurs diaprées illuminent les gazons.
Les nouveaux saules effleurent de leurs branches, [l'onde du canal impérial.
« Printemps, avertissez le voyageur de Lio-yen,
Que le temps qui fuit ne l'attendra pas ! »

Wang Kia.

LXXIV

UN VIEUX PALAIS

Un vieux palais triste et désert.....

Les fleurs languissantes et pourprées y poussent [silencieusement.

Quelques dames d'honneur aux cheveux de neige,

Nonchalamment assises, causent encore de [Yuen-tsing !

Yuen Ting.

LXXV

NUIT DE LUNE

La nuit s'avance, la blancheur de la lune inonde
[les maisons.
L'étoile " po-téo " visible du balcon, et l'étoile
[" lien-téo " déjà s'incline.
Ce soir, on sent davantage l'air tiède du prin-
[temps,
Et les cris des insectes passent à travers la soie
[verte des rideaux.

Lyeou Fan-pin.

LXXVI

TRISTESSE PRINTANIÈRE

Derrière les rideaux de soie, le soleil descend,
Quelqu'un voit-il mes larmes dans cette chambre [d'or !
Pourquoi pars-tu, printemps, ne laissant dans [cette triste cour
Qu'un tapis de fleurs de poiriers et une porte [close ?

Lyeou Fan-pin.

LXXVII

HO-MAN-TSEU

Séparé de trois mille li, O ! Mon pays natal !
Dans ce palais silencieux, vingt ans d'exil !
En écoutant cet air Ho-man-tseu,
Devant le seigneur, mes larmes tombent.....

Tchang Kou.

LXXVIII

SUR LE FLEUVE

En automne, l'eau du fleuve est limpide jusqu'au
[fond.
Les cieux lointains et clairs donnent du plaisir à
[respirer.
Pendant tout le voyage, je murmure des poèmes
[et trouve encore des compagnons :
Tandis que sur les vieux peupliers, les cigales
[chantent gaiement !

Chin Ki.

LXXIX

ARRIVÉ AU POSTE TON

Les bambous sauvages et froids abordent la rivière.

La source passe près de la porte en murmurant.

Depuis la guerre, personne n'est venu jusque là

Seules, les herbes poussent en verdoyant les marches.

Chin Ki.

LXXX

UN VOYAGE SUR LE FLEUVE

Le fleuve entoure la ville Tchou,
De Tsing, les nuages voltigent légèrement.
En retournant pour voir la montagne de mon pays,
Je suis triste comme quand je viens de quitter
[mes amis.

Chin Ki.

LXXXI

A MON AMI WAI

La rosée tombe sur les feuilles des dryadras en
[faisant des bruits.

Le vent d'automne arrive, les fleurs de " koé "
[laissent leurs corolles éclore.

Dans ce paysage, les fées mystérieuses

Jouent de la flûte sous l'ombre de la lune.

Kio Tin.

LXXXII

AU TEMPLE DU SOMMET

D'ici, on entend le bruit lointain,
Venant du bois au pied de la montagne.
Quand le soleil descend, le zéphyr parfumé [souffle légèrement.
De toutes parts, les fleurs tombent comme des [pluies printanières.

Kou Fong.

LXXXIII

DANS UNE
MONTAGNE SAUVAGE

La lune froide pend au pic d'une montagne.
Au jardin, les feuilles jaunes tombent lentement.
Je ferme la porte de peur des tigres.
Au dehors, le vent rugit fortement dans les pins.

Kou Fong.

LXXXIV

LA MORT D'UN AMI

Où dois-je pleurer mon vieux ami ?

Devant cette porte, l'eau est ridée par le vent.

Je me souviens qu'autrefois c'est près de cette [rivière que je t'ai quitté.

Depuis ce jour, je n'ai plus pu te revoir !

Lyeou Tchang.

LXXXV

LE SON DE LA CLOCHE

D'où vient ce son mélodieux de la cloche ?
Il traverse les bambous et effleure les ruisseaux,
Puis il disparaît peu à peu au vent ;
Mais la dernière note musicale résonne encore dans mes oreilles.

Li Ka-yo.

LXXXVI

L'OREILLER BRODÉ

L'oreiller brodé parfumé est exposé sur le lit.
Dans la chambre sombre reste une femme
[abandonnée.
Toute la nuit, elle pleure ;
Ses deux ruisseaux de larmes mouillent le bel
[oreiller !

Yuang Yi.

LXXXVII

EN QUITTANT UN AMI

Aujourd'hui quel beau soleil sur la montagne !
Près des chrysanthèmes, les cigales chantent.
A ce moment, je vois partout l'automne.
Quel pays peut-il plus attirer mes pensées ?

Si-tou Chu.

LXXXVIII

LE MATIN,
ARRIVÉ AU VILLAGE MI

Au point du jour, j'arrive à cheval.
Je vois au loin la route de Wei-chin.
Que les montagnes sont belles vers le village
[isolé !
Et le soleil si beau sur les herbes blanches !

Di Wai.

LXXXIX

LA NUIT D'AUTOMNE

Que la nuit d'automne est triste
Quand le canard sauvage arrive !
Le voyageur seul ferme ses portes,
Et personne ne lui demande à quoi il pense !

Di Wai.

XC

ADIEU A UN AMI

La montagne si haute est peu pratiquable,
L'eau si profonde est difficile à traverser.
Tout est immense, tout est vague ;
Mais le voyageur quittant sa maison part tout [seul !

Fun-fou Tin.

XCI

UNE VISITE A UN ERMITE

A l'ombre du pin, à l'enfant, je demande où est son maître.

« Il est parti chercher des plantes salutaires.

Pas loin, dans cette montagne,

Mais que de nuages épais, trouverons-nous ses traces »

Kya Tao.

XCII

A UN HÉROS

Depuis dix ans, j'ai aiguisé mon épée,
Sa lame est blanche et froide comme de la gelée.
Aujourd'hui, je vous l'offre, n'ayant jamais servie
Utilisez-la pour ceux qui se plaignent d'injustice !

Kia Tao.

XCIII

A UNE JEUNE FILLE

Souple et délicieuse, elle a plus de treize ans,
Comme au mois de février, fleur éclose sur la
[branche.
Pendant dix li, près de la route de Yuen-tchéou,
Entre les rideaux de perles roulés, aucune ne
[peut l'égaler.

Tou Mou.

XCIV

MON BATEAU S'ARRÊTE A TSING-HOUE

Le brouillard voile l'eau, la clarté de la lune
[couvre la grêve.
Le soir, mon bateau s'arrête près des cabarets
[de Tsing-houé.
Les filles des marchands ignorent la tristesse du
[pays conquis,
De l'autre côté de la rivière, elles chantent
[encore les « fleurs du jardin ».

Tou Mou.

XCV

PLUIE DU SOIR

Vous me demandez la date de mon retour.
[Cette date n'est pas fixée.
Cette nuit, la pluie de Pa-sin augmente le bassin
[d'automne.
Quand pourrons-nous, hélàs, moucher ensemble
[des chandelles ?
Près d'une fenêtre, nous causerons de la pluie
[de Pa-sin !

Li Tchang-yin.

XCVI

SUR LA COLLINE

Vers le soir, mon cœur est triste,
En voiture, je me promène sur l'antique route.
Que ce soleil couchant est beau à mes regards !
Mais hélàs ! n'est-il pas déjà près de l'horizon !

Li Chang-yin.

XCVII

HAINE DU PRINTEMPS

Chassez les petits rossignols,
Qu'ils ne chantent plus sur ces branches !
En chantant, ils troublent mes doux rêves,
Qui ne pourront aller à Lio-si pour voir mon
[bien-aimé !

King Chen-siu.

XCVIII

SUR LE FLEUVE HAN

Depuis combien de temps suis-je sans nouvelles
[de mon pays,
Plusieurs hivers, plusieurs printemps se sont
[évanouis !
En approchant du village chéri, mon cœur se
[serre de plus en plus,
Je n'ose questionner ceux qui en viennent !

Li Pin.

XCIX

CHANT DE LON-SI

Ayant juré de chasser l'ennemi sans crainte de la
[mort,
Dans la poussière, cinq mille héros perdent leur
[vie !
Rien que de pauvres os semés au hasard des
[rives du fleuve !
Hélàs leurs bien-aimées pensent et rêvent
[toujours.....

Tchan To.

C

ROBE BRODÉE D'OR

Ne regrettez point votre robe brodée d'or,
Regrettez plutôt le temps de votre jeunesse !
Cueillez, cueillez les fleurs quand elles sont belles,
N'attendez pas que sur les branches dépouillées,
[elles soient flétries !

Tou Chio-lian.

TABLE DES MATIÈRES

www.ingramcontent.com/pod-product-compliance
Ingram Content Group UK Ltd.
Pitfield, Milton Keynes, MK11 3LW, UK
UKHW021104260726
13994UKWH00002B/689

9 782329 488097